# LES
# PRÉLUDES,

POÉSIES,

### PAR JULES CANONGE.

PARIS,

ÉBRARD, LIBRAIRE-ÉDITEUR,

24, RUE DES MATHURINS ST.-JACQUES.

1835.

# LES

# PRÉLUDES.

MOQUET ET Cie. IMPRIMEURS,
90, RUE DE LA HARPE.

# LES
# PRÉLUDES,

## POÉSIES,

### PAR JULES CANONGE.

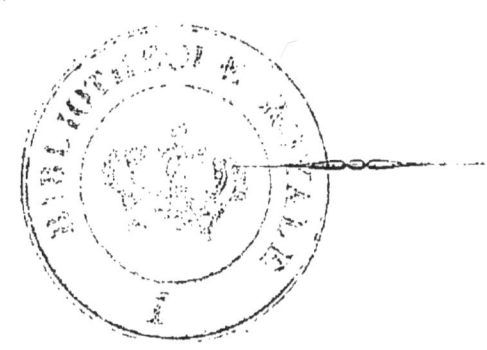

## PARIS,

ÉBRARD, LIBRAIRE-ÉDITEUR,

24, RUE DES MATHURINS ST-JACQUES.

1835.

A ma mère.

Ce petit volume n'est qu'un essai de jeune homme ; l'accueil du public m'apprendra si je dois persévérer dans cette carrière où me pousse une ardeur qui n'est pas toujours l'indice du talent.

Bien qu'elles soient légères et sans rapports apparens , j'ai cependant essayé de mettre dans ces poésies ce qu'il doit y avoir dans toute œuvre d'art consciencieuse ; une pensée bienfaisante qui les domine et leur serve de lien.

Cette pensée n'est pas nouvelle , mais elle n'en est pas moins grave et utile à rappeler au découragement d'un siècle qui l'oublie.

Chaque époque a son caractère ; celui de la nôtre est de nature à faire naître de tristes réflexions : le dévergondage des lettres passe dans les mœurs ; la foi est dans les paroles , et le scepticisme dans les œuvres ; nous voyons les hommes d'élite , brisés par la perte de leurs illusions ; d'autres , saturés de plaisirs tumultueux, épuisés de souffrances contre lesquelles les moralistes du jour ne leur offrent de res-

source que le suicide, embrassent avec désespoir cette arme coupable des cœurs faibles , et
privent la société de ce qu'elle avait le droit de
leur demander. Et ce déplorable spectacle
émeut à peine, tellement il nous est devenu
familier ! et il se trouve des voix pour l'apolo-
gie de ces fatales doctrines !

Il m'a semblé qu'à une pareille époque, ce
ne serait point un travail futile que des poésies
d'une philosophie douce et consolante , où il
y a des larmes , mais essuyées par l'espérance ;
où les calmes jouissances de l'esprit et du cœur,
les plaisirs simples et faciles de la nature sont
preférés aux orages du monde et des passions,
où la souffrance ne se présente plus comme un
fardeau qu'il faut secouer, mais comme un
poids douloureux et sacré qu'il est de notre

devoir de supporter avec courage , comme une épreuve où l'âme s'épure par la résignation , et d'où elle sortira digne de s'élever aux saintes joies d'un autre avenir !

La mission du poète n'est pas de pousser l'homme vers l'abîme, mais de l'arrêter , et de le soutenir sur le bord.

# LE DÉPART.

NIMES. 1832.

Je fuis la riante contrée

Oü, près d'une mère adorée,

Coulaient si doux mes jeunes ans ;

Cédant au feu qui me dévore,

Je vais d'un monde que j'ignore

Essayer les flots inconstans.

Cependant pour moi l'existence

N'avait point d'amers déplaisirs ;

L'avenir brillait d'espérance,

Et du présent la jouissance

Semblait suffire à mes désirs.

Quel est donc le fatal prestige

Qui m'aveugle de son vertige ?

Où tend ce vol précipité ?

Contre une incertaine chimère,

Pourquoi d'un sort aussi prospère

Echanger la réalité ?

Ah ! demandez pourquoi cette onde

Va dans sa course vagabonde,

Se perdre au sein des vastes mers ?

Pourquoi sur la foi d'une étoile,

Aux vents trompeurs livrant sa voile,

Le nocher fend les flots amers ?

A ce penchant irrésistible

Qui toujours loin du port paisible

Entraine nos destins errans,

Nous cédons, comme l'hirondelle

Cède à l'instinct qui la rappelle

Aux bords où renait le printemps.

A la jeunesse impatiente

En vain l'amitié bienfaisante

Promet un bonheur calme et pur;

En vain, respecté des tempétes,

Le ciel arrondit sur nos têtes

Sa voûte de pourpre et d'azur;

L'ame toujours est inconstante,

Elle rejette indifférente

Les plaisirs qu'elle a trop connus,

Il lui faut de nouveaux rivages,

Et, même à travers les orages,

Des cieux qu'elle n'ait jamais vus.

N'est-il pas bien, près de sa mère,

L'aiglon qu'une plume légère

Couvre à peine de son duvet?

Pressé d'un désir inquiet,

Pourquoi donc quitte-t-il son aire?

C'est que, des hautes régions

Se frayant les routes nouvelles,

Il veut, fier de ses jeunes ailes,

Du soleil braver les rayons.

Mais, hélas! à peine il s'élève,

Qu'un souffle impétueux l'enlève

Et punit son vol insensé.

Ou que des clartés foudroyantes

Frappant ses paupières tremblantes

Il tombe et périt fracassé....

Ah! détournez ce noir présage,

Dieu protecteur, Dieu consolant!

N'est-il pas bien, près de sa mère,

L'aiglon qu'une plume légère

Couvre à peine de son duvet ?

Pressé d'un désir inquiet,

Pourquoi donc quitte-t-il son aire ?

C'est que, des hautes régions

Se frayant les routes nouvelles,

Il veut, fier de ses jeunes ailes,

Du soleil braver les rayons.

Mais, hélas! à peine il s'élève,

Qu'un souffle impétueux l'enlève

Et punit son vol insensé.

Ou que des clartés foudroyantes

Frappant ses paupières tremblantes

Il tombe et périt fracassé....

Ah! détournez ce noir présage,

Dieu protecteur, Dieu consolant !

Prenez pitié de mon jeune âge,

Et ramenez vers le rivage

Ma nef qui s'égare un moment !

Ramenez-moi, pour que ma mère

N'ait point, au bout de sa carrière,

A verser des pleurs douloureux,

Et qu'en ce monde elle commence

A jouir de la récompense

Que vous lui gardez dans les cieux !

# MON LUTH.

## A M. Charles Nodier.

As-tu vu quelquefois dans nos vieilles chroniques,
Ces luths mystérieux, ces harpes fantastiques
Qu'un barde suspendait à l'orme du manoir ?
Jamais l'art n'en tira pour charmer les oreilles
D'un concert régulier les savantes merveilles;
Seulement, quand régnait le silence du soir,

Leur corde renvoyait en notes indécises

Les soupirs du bouleau balancé par les brises,

Des vents et de la mer le fracas orageux,

De l'errant pélerin la prière plaintive,

Ou le gai fabliau, la ballade naïve

Que chantait en passant le trouvère amoureux.


Et, soit que dans son vol un oiseau des ténèbres,

L'ébranlât par le vent de ses ailes funèbres,

Soit qu'une ombre en fuyant l'effleurât de ses doigts,

Vague comme un parfum, léger comme un zéphire,

Doux comme un souvenir de l'amant qui soupire,

Un chant s'en exhalait et mourait dans les bois.


Et le pauvre captif, dans l'humide tourelle,

Ecoutait, et rêvait la liberté si belle!

Et le fier châtelain, dans son brillant manoir,

Tout pâle frissonnait réveillé par ses crimes,

Comme s'il entendait la voix de ses victimes

Mêler des bruits vengeurs aux cris du désespoir.


Et la vierge rêvant sur le balcon gothique,

Entre ses blanches mains penchait son front pudique;

Ces sons lui rappelaient un soupir, des accens

Dont son cœur ne pouvait bannir la souvenance....

Et d'inconnus désirs, une vague espérance

La berçaient jusqu'au jour de rêves caressans.


Ce luth capricieux c'est le mien; ma pensée

Ne sait point à toute heure, avec art cadencée,

En sons mélodieux épancher ses trésors;

Un sentiment profond, une image brillante

Peuvent seuls réveiller sous ma main indolente

La fibre poétique aux merveilleux accords.


Mais qu'un autre épouvante et torture le crime;

Je suis trop faible encor pour ce devoir sublime;

Il faut à mes couleurs des tableaux plus rians;

Un chant doux et plaintif convient seul à ma lyre;

Et, comme de la joie elle craint le délire

Elle fuit le remords et les cris déchirans.


Heureux, lorsque ma main timide s'y promène,

S'il se trouve un ami dont le cœur me comprenne,

Dont l'œil sur ma tristesse aime à verser des pleurs!

2

Trop heureux si parfois j'ai séché d'autres larmes,

Si le mortel qui souffre, oubliant ses alarmes,

Répète en souriant mes vers consolateurs!

# AU GÉNIE

## DE LA POÉSIE LÉGÈRE.

Comme l'abeille industrieuse,

Dans nos jardins vole joyeuse

Changer en miel le suc des fleurs,

Des légers vers charmant génie,

Tu fais éclore en harmonie

Tout ce qui vibre dans nos cœurs.

C'est par toi que nos jouissances

Nos souvenirs, nos espérances

Et nos désirs mystérieux

Modulés en rhythme sonore,

Comme un parfum qui s'évapore

Vont charmer la terre et les cieux.


Oh ! qui m'indiquera la rive

Où ta demeure fugitive

Se cache aux regards indiscrets ?

Qui, de ton essence éphémère

Pénétrant le riant mystère

M'en révèlera les secrets ?


Es-tu l'ombre errante d'Orphée ?

Ou quelque gracieuse fée

Volant dans un char enchanté?

Es-tu le sylphe qui repose

Dans le calice de la rose

Ou sur le sein de la beauté?


Voles-tu sur ces blancs nuages

Qu'emporte loin de nos rivages

Un vent harmonieux et frais?

Te caches-tu dans ces vieux chênes?

Es-tu la nymphe des fontaines,

Ou la déesse des forêts?


Mais non; l'air infect de la terre

Troublerait de ta voix légère

Les sons purs et mélodieux;

Toi chez qui tout n'est qu'harmonie,

Tu dois avoir, divin génie,

Choisi ton séjour dans les cieux.


Tu dois être l'ange qui vole

Porter quelque douce parole

A ceux qu'affligent les douleurs,

Et, se plaçant sous l'humble chaume

Ne remonte au divin royaume

Que lorsqu'il a séché des pleurs !


Ah ! que souvent sur ma jeunesse,

Ange saint, ton regard s'abaisse !

Je te voue un culte à jamais ;

Car j'ai vu de la jeune Elvire

Les yeux et la bouche sourire

Aux accens que tu m'inspirais !

# CONSEILS.

Puisque éphémère est toute joie,

Tout beau jour sans beau lendemain,

Puisque l'orage se déploie

A l'horizon le plus serein,

Ami, si tu veux sur la terre

Un bonheur de plus d'un matin

Et trouver un peu moins amère

Cette liqueur que le destin

Mêle au nectar de ton festin,

Ecoute le secret de vivre :

Il faut que ton cœur se délivre

De tous les soins de l'avenir.

Sans prévoir le jour qui doit suivre

Jouis du jour qui va finir.

Que ta voix ne soit point amère ;

Au soleil ne demande pas

Pourquoi nous voilant sa lumière,

Si long-temps il laisse la terre

Languir sous le poids des frimas ?

Aux vents, pourquoi leur froide haleine

Au lieu de féconder la plaine

Ravage les champs attristés ?

A l'Océan, pourquoi sa plage

Étale, horrible après l'orage,

Les débris sanglans du naufrage,

Aux matelots épouvantés ?

Des lois que fit la providence

Tu ne connais point les secrets ;

Résigne-toi donc en silence

A ses immuables décrets.

Mais, quand le ciel à ta paupière

Prodigue un éclat généreux

Enivre-toi de sa lumière,

Sans songer aux jours ténébreux;

Et quand, sur l'onde harmonieuse,

Vers le port où rit le bonheur

Glisse la nef aventureuse,

Livre au plaisir ton jeune cœur;

Sans penser qu'un souffle rapide

Peut changer en gouffre homicide

Ce flot si doux et si limpide,

Ces concerts en horrible bruit

Et ce beau jour en sombre nuit.

Quand la gloire ou l'amour couronne

Ton front où l'ivresse rayonne,

3

Sans trouble si tu veux jouir,

Ne va pas sonder ton plaisir ;

Car ici bas le ver se cache

Dans le fruit le plus savoureux,

Et l'acide rongeur s'attache

Au métal le plus radieux.

Si le fracas de la tempête

Vient à gronder , courbe la tête,

Élève ton cœur vers le ciel,

Entonne un hymne à l'espérance ;

Car, si jamais la jouissance

N'est durable et pure de fiel,

Du malheur l'étreinte cruelle

N'est jamais non plus éternelle,

Et le divin consolateur

Descend vers nous , quand sans murmure

Notre âme résignée endure

Les outrages et la douleur !

# REGRET.

SAINT ANDRÉ. 1833.

Si les trésors de poésie

Étaient pour moi toujours ouverts ,

Si ma voix selon mon envie

Savait moduler d'heureux vers,

Jardins rivaux de la nature

Où de l'art la douce imposture

Créa des sites enchantés,
De Saint-André rians ombrages,
Prés féconds, brillans paysages,
Je vous aurais déjà chantés!


Oui, ma muse reconnaissante
Dans ses tableaux harmonieux
Aurait peint l'amitié touchante
Qui l'accueillit en ces beaux lieux;
Elle aurait peint la bienfaisance
Au calice de l'indigence,
Épanchant le baume et le miel,
Les douceurs d'un hymen fidèle,
Et des vertus dont le modèle
Ne se trouve que dans le ciel !

Mais les trésors de poésie

Ne me sont pas toujours ouverts,

Et ma voix selon mon envie

Ne module pas d'heureux vers;

La divinité qui m'inspire

Est avare de son sourire,

Et, quand j'implore ses faveurs,

Pour prix de mon humble prière,

A peine sa main trop légère

Me jette en fuyant quelques fleurs.

# CONSOLATION.

Je ne l'ai vu qu'un jour, mais son noble visage
Portait empreint tant de pâleur,
Et son front, que troublait un funeste présage,
Penchait si triste et si rêveur;

Une larme furtive humectait ses paupières,

    Et des soupirs si douloureux

S'échappaient malgré lui de ses lèvres amères,

    Que jai dit : c'est un malheureux !


C'est un infortuné que dévore sans doute

    Un mal qu'il craint de révéler

Et qui n'a pas encor rencontré sur sa route

    Un ami pour le consoler.


Des biens qui nous font belle et douce une existence

    Aucun ne lui fut refusé,

Et pourtant il gémit, et pourtant l'espérance

    A fui de son sein épuisé....

Ah! c'est que dans nos cœurs le ciel mit une fibre,
    Fatal organe du malheur ;
Qui peut bien sommeiller, mais alors qu'elle vibre,
    Vibre long-temps pour la douleur !


Le coup qui l'ébranla nous brise et nous atterre ;
    Et, quand son bruit vient nous saisir,
Implacable et cruel, pour long-temps il fait taire
    La voix riante du plaisir.


De frêles facultés avant le temps usées,
    De l'amour l'orageux tourment,
Et nos affections par le trépas brisées,
    L'éveillent, hélas! trop souvent!

Mais, il est une main dont le pouvoir l'arrête,

    Calme son murmure ennemi,

Et nous rend notre joie et nos concerts de fête :

    C'est la main douce d'un ami.


Oh viens, infortuné, je garde à ta souffrance

    Ma part de ce don précieux !

Je veux te faire encor sourire à l'espérance

    Et trouver beau l'azur des cieux !


Sans crainte et sans réserve, épanche dans mon âme

    Des maux qui vont bientôt cesser ;

Laisse-la consumer comme une sainte flamme

    Ce que l'oubli doit effacer ;

Et, vers le but sublime où la vertu t'appelle,

Marchant d'un pas mieux affermi,

Tu sauras ce que vaut pour celui qui chancelle,

L'appui d'un véritable ami !

# PARFUM ET SOUVENIR.

As-tu vu la rose brillante

S'ouvrir au souffle du matin ,

Et bientôt sa feuille odorante,

Du vallon joncher le chemin ?

Le jour fuit, sur son aile humide

Le vent du soir d'un vol rapide

Emporte ces débris épars ;
Mais son parfum révèle encore
La place où, reine d'une aurore,
La rose charmait nos regards.


Ainsi, riante et mensongère,
L'espérance, à notre matin
Devant nous d'une main légère,
Sème des fleurs sur le chemin.
Bientôt les aquilons se lèvent ;
Leurs souffles glacés nous enlèvent
Roses d'amour et de plaisir....
Mais, comme un parfum sur la terre ;
Du bien que nous avons su faire
Vit après nous le souvenir.

# A M. J. Reboul,

QUI ME DEMANDAIT DE NOUVELLES POÉSIES.

NIMES, 1832.

Heureux est le mortel pour qui toute pensée

Se déroule féconde en beaux vers cadencée !

Son noble enthousiasme est roi de l'avenir,

Et chacun de ses jours retentit dans la vie

Par de brillans accords dont la terre ravie

Ne perd jamais le souvenir !

5

Le mortel, qu'ai-je dit? non, ce n'est point un homme ;

Ce n'est point, comme nous, un débile fantôme

Se traînant asservi par d'obscurs intérêts ;

C'est un ange céleste aux ailes radieuses ;

La nature a pour lui des voix mystérieuses

    Dont l'homme ignore les secrets.


Tandis qu'en se jouant l'indifférent vulgaire

Passe sans jeter même un regard en arrière,

Lui tressaille et s'arrête inspiré par les cieux ;

Un rêve, un souvenir réveille son génie,

Et sa bouche à flots purs épanche l'harmonie

    D'un chant sublime ou gracieux.


Ainsi, toi dont la voix nous charme et nous étonne,

Quand tu veux d'une fleur enrichir ta couronne,

La nature docile ouvre tous ses trésors ;

Tu sondes les replis de l'humaine pensée ,

Et d'un vœu, d'une plainte à peine commencée

Tu formes de touchans accords.


C'est l'oiseau voyageur , la légère hirondelle ,

Infidèle à l'ami dont la voix la rappelle ;

C'est du brumeux automne une dernière fleur ;

Du pécheur désolé la nacelle égarée ,

Auprès d'un berceau vide une mère éplorée ,

La somnambule et sa douleur.


Et, soit que dans tes mains la harpe du prophète

Du Dieu de vérité te fasse l'interprète ,

Ou qu'un luth amoureux s'unisse à tes accens ;

Soit que des vieux Romains remuant la poussière

Tu lises leur grandeur inscrite sur la pierre ,

Ou que nos frais jardins s'illustrent par tes chants;

Ton vers toujours facile , harmonieux , sublime ,

Est pour nous, doux reflet du feu saint qui t'anime,

Comme ces rayons purs charme de nos regards,

Qui réveillent la vie au cœur froid des vieillards.

Poursuis, ton sort est beau ! pour moi, demi poëte,

Le ciel m'est sans prestige et la terre muette ;

Les mouvemens du cœur expirent en naissant ;

Ma vie est sans couleur , et la harpe inutile

  Sous mon doigt léger , mais débile ,

  Ne rend plus qu'un son impuissant.

Ainsi, d'un lac profond la brillante surface

Immense réfléchit comme une immense glace

Du jour ou de la nuit le dôme étincelant,

Les prés et les coteaux qui bordent son rivage,

Du géant des forêts le centenaire ombrage,

L'oiseau, la blanche voile, et le nuage errant;


Mais, au faible ruisseau, des fleurs et du feuillage

A peine se reflète une indécise image;

L'œil qui veut la saisir n'aperçoit que le fond;

Et, la mousse verdâtre, une arène dorée,

Quelques brillans cailloux à surface nacrée

Sont les seuls ornemens de son lit peu profond.

# SUR LA MORT

## D'UNE JEUNE FILLE.

J'allais rêvant dans le bocage,

Quand, se détachant du feuillage,

La fleur d'un riant arbrisseau

Vole et tombe dans le ruisseau.

Elle suivait l'onde mobile ;

Séduit par son éclat fragile,

Un papillon vif et léger

Auprès d'elle vient voltiger,

L'effleure du bout de son aile,

Fuit, revient, se pose sur elle,

Et, la pressant avec ardeur

S'enivre de son odeur.

Fière de son brillant hommage,

Et croyant fixer le volage,

Elle voguait avec orgueil...

Mais hélas ! soudain il s'envole,

Et, cédant au souffle d'Éole,

La fleur périt contre un écueil !

Ainsi, sur l'onde de la vie,

Jeune Louise, tendre fleur,

Tu voguais cherchant le bonheur ;

Bientôt à ton ame ravie

S'offrit le folâtre plaisir,

Tu t'empressas de le saisir,

Une heure, un jour tu fus heureuse...

Hélas, illusion trompeuse,

Soudain, il s'enfuit pour toujours,

Et la mort déploya ses ailes

Et couvrit d'ombres éternelles

Le brillant azur de tes jours !

# LE ROSSIGNOL.

Quel est ce chant triste et mélodieux,

Qu'apporte à moi la brise printanière,

En se jouant dans les touffes de lierre

De cet ormeau qui monte dans les cieux ?

A cet accent si doux et si limpide,

Du rossignol j'ai reconnu la voix....

Mais le chant cesse, et d'une aile rapide

L'oiseau troublé s'est enfui dans les bois.

Pourquoi me fuir, craintive Philomèle ?

Je ne viens pas outrager ta douleur ;

Celui pour qui la fortune est cruelle

Insulte-t-il aux larmes du malheur ?

C'est donc en vain que le printemps étale

Tant de trésors sous un riant azur !

Que dans les airs un frais parfum s'exhale ,

Que le flot coule et plus doux et plus pur ?


Depuis le jour où périt ta compagne ,

Pour toi les eaux ont perdu leur fraicheur ,

Les cieux leur charme , et rien dans la campagne

Ne peut calmer ta plaintive douleur.


Et moi , pareille à la flamme légère

Qui luit dans l'ombre , et puis s'évanouit ,

J'ai vu déjà s'éteindre dans la nuit

De mon bonheur la clarté passagère.


Oui , comme toi , je languis solitaire ,

Et le printemps est pour moi sans beau jour

Car, pas un cœur ne répond sur la terre
A mes pensers d'avenir et d'amour !

Et le plaisir dont l'enivrante image
A caressé l'espoir de mes beaux ans
S'est envolé, comme un brillant nuage
Qu'en d'autres cieux emportent les aufans.

Ah ! reviens donc ! et que ta voix plaintive
Pour un moment suspende mes douleurs !
Redis ta peine aux échos de la rive,
A tes sanglots je mêlerai mes pleurs !

Du tendre oiseau qui charmait le bocage
Ainsi ma voix encourageait les chants ;
Hélas ! en vain... caché dans le feuillage ,
Il fut muet et sourd à mes accens,

# LE VIEUX CHATEAU.

Sur le penchant de ce coteau,

Voyez-vous ce donjon antique

Dont jadis le sommet gothique

Dominait les toits du hameau ?

C'est parmi ces vieilles ruines

Que j'aime de venir m'asseoir,

Quand le crépuscule du soir

Descend du sommet des collines.

Remontant aux jours glorieux

De l'antique chevalerie,

D'amour, de guerre et de féerie

J'aime à peupler ces tristes lieux.

Voici la terrasse en ogive

Où la damoiselle naïve

Écouta trop un doux serment,

Et vint plus tard, seule et plaintive,

Pleurer l'ivresse d'un moment;

Et voici la lice guerrière

Où des preux flotta la bannière,

Où des tournois les fiers vainqueurs

Venaient, aux pieds de leur amie,

Recevoir d'une main chérie

L'écharpe aux riantes couleurs.

L'écho muet et solitaire

Ne redit plus le cri de guerre

Des hérauts et des chevaliers,

Et la ronce couvre la terre

Où se heurtaient les destriers.

Cette tour demi-ruinée

Où s'enlacent des lierres verds,

Vit peut-être une infortunée

Pleurer et mourir dans les fers ;

Et, sur le bord de la fontaine

Qui baigne avec un léger bruit

Le tronc brisé de ce vieux chêne,

Venait souvent la châtelaine

Rêver à l'heure où le jour fuit ;

Tandis qu'au pied de la tourelle

Un jeune et naïf troubadour

Chantait sur sa harpe fidèle

Le doux refrain d'un lai d'amour.

Cette sombre et froide chapelle,

Où brille un opulent tombeau,

Des fiers seigneurs de ce château

Garde la dépouille mortelle.

A ces mensonges fastueux

Ah! combien mon ame préfère

Du hameau l'humble cimetière !

Entouré d'un culte pieux,

L'abri d'une pierre modeste

Y couvre seul tout ce qui reste

D'un couple pauvre et vertueux.

Là, chaque soir, le vieillard prie,

Et l'orphelin verse des pleurs,

Et la jeune fille attendrie

Jette en soupirant quelques fleurs ;

Mais dans la chapelle isolée

Où l'ambitieux mausolée

Étale un si riche blason,

Jamais l'habitant du vallon

N'est venu répandre une larme ;

Il frémit de trouble et d'alarme

Au seul aspect de ce tombeau ;

Et, dans sa course pétulante,

Quand, parfois, un jeune chevreau

Vient y brouter l'herbe odorante,

Pâle et tremblant, pour le chercher,

Le pâtre ose à peine approcher.

Car, de l'hermite du village

Si l'on en croit les longs récits,

Quand la tempête, au sein des nuits,

Promène en grondant son ravage,

Un spectre hideux et sanglant

Apparaît sous ces voûtes sombres,

Et vient, suivi de pâles ombres,

Errer autour du monument...


Mais déjà les feux de l'aurore

Ont éclairé l'azur des cieux,

Et sur l'horizon qu'il colore

Le soleil jaillit radieux.

Adieu, colline solitaire,

Demain , dès que l'astre du soir ,

Sur les débris de ton manoir ,

Répandra sa douce lumière ,

Ici je reviendrai m'asseoir !

# LA VESTALE.

## Élégie Antique,

MENTIONNÉE HONORABLEMENT AUX JEUX FLORAUX. 1835.

Seule, près de l'autel dont sa main virginale

Devait jusqu'au matin alimenter les feux,

Le cœur brisé d'angoisse, une jeune vestale

Confiait à la nuit ces accens douloureux :


« Brûle, brûle, flamme éternelle,

» Symbole redouté d'une vertu cruelle,

  » Dont les dieux nous font un devoir!...

6

» Ah ! plutôt n'est-tu pas l'emblème

» Du feu qui dans mon sein se nourrit de lui-même

» Et me consume sans espoir ?

» J'ai vu la vierge fortunée

» S'avancer triomphante à l'autel d'hyménée ,

» J'ai vu se couronner de fleurs

» Son jeune front , l'espoir et l'orgueil d'une mère,

» Et j'ai pris en dégoût ma chaine solitaire !

» De ses compagnes , de ses sœurs ͵

» Trop souvent d'un œil triste accompagnant les chœurs

» J'ai suivi les danses joyeuses. . . .

» O dieux ! n'entends-je pas leurs voix harmonieuses

» De l'hymen chanter les douceurs ? . .

» Et tout lui souriait ! et tout dans la nature

» Pour elle se parait de charmes ravissans ,

» L'azur plus radieux , la lumière plus pure ,

» Et plus doux le zéphire , alors que son murmure

» D'un mortel adoré lui portait les accens ! . . .


» Brûle , brûle , flamme éternelle ,

» Symbole d'un cruel devoir !

» Brûle , emblême sacré de l'ardeur criminelle

» Qui me consume sans espoir !


» Oui , sans espoir ! . . victime à languir condamnée,

» Je ne verrai jamais briller un si beau jour ,

» Et de ce front pâle d'amour

» Les guirlandes de l'hymenée

» Ne ranimeront point la fleur déjà fanée !

» Seule , en mes longs ennuis , je ne connaîtrai pas

» Les saintes voluptés et le doux nom de mère ,

» Et mes jours passeront sans laisser sur la terre

» Un époux , des enfans qui pleurent mon trépas !

» Dieux ! que cette pensée et me brûle et m'oppresse !

» Si tôt , et pour jamais voir flétrir sa jeunesse !

    » Aimer en vain , en vain gémir !

    » Ne connaitre de l'existence

    » Rien que la plainte et la souffrance !...

    » Oh ! que j'aimerais de mourir !


    »Brûle sans cesse , brûle encore...

    » Ah ! du tourment qui le dévore

    » Flamme sainte , si tu pouvais

    » Délivrer ce cœur qui t'implore,

» Fidèle à ton autel , que je te bénirais !

» Mais non .... je prie en vain ;... divinité cruelle,

» Ton âme est donc fermée au cri de la douleur ?

    » Et l'angoisse d'une mortelle

» Ne saurait assouvir ta jalouse fureur ?

» Eh bien ! je ris de ta colère !

» Vois , même dans ton sanctuaire ,

» Et jusqu'au pied de cet autel

» Où m'enchaine un vœu solennel ,

» Où je dois n'apporter que des pensers austères,

» Un cœur chaste et religieux ,

» De Vénus en courroux j'apporte tous les feux ,

» Et je déteste tes mystères !... »

Sur l'autel , à ces mots , le feu sembla pâlir ,

Et même on entendit un bruit sourd retentir.

Puis , tout devint muet , et rien à la prêtresse

N'annonça Vesta vengeresse.

» Quoi ! tant d'impure audace et tant d'impiété

» N'arment pas ton bras irrité !

» Et tu n'as pas déjà , frappant ce cœur rebelle

 » A ton auguste volonté,

» Éteint avec mes jours ma flamme criminelle !

» Tout ce culte n'est donc que mensonge et qu'erreur?

»Et toi, dont trop long-temps ma douleur fut l'esclave,

» Déité sans pouvoir , qu'impunément je brave ,

» Tu n'es rien qu'un fantôme adoré par la peur ?

 » Eteins-toi donc, flamme éternelle !

» Meurs , symbole abhorré d'une vertu cruelle

 » Qui ne saurait être un devoir !

 » Ah ! comme toi, funeste emblême,

 » Que ne puis-je éteindre en moi-même

» Ce feu qui toujours brûle et brûle sans espoir !...»

A peine elle avait dit , qu'une voix foudroyante

Etouffa les accens de sa voix délirante ,

Le feu sacré jeta de sinistres clartés ,

Et le temple et l'autel tremblèrent agités.

Et , quand vint le pontife , au retour de l'aurore ,

Il frémit , s'arrêta , plein d'une sainte horreur ,

Car l'autel n'avait plus qu'une faible lueur...


Prêtre , rassure-toi , ton feu saint vit encore ,

Et pour se ranimer n'attend qu'un prompt secours ,

Mais un autre foyer , mais une autre existence

Dans ce temple où tonna la céleste vengeance

    Vient de s'éteindre , et pour toujours.

# VERS

ÉCRITS SUR L'ALBUM

## DE M<sup>me</sup> PERCÉ-CANDEILLE.

Malgré tout l'or dont il rayonne,

Malgré sa moire et son vélin,

Et la grâce dont le couronne

L'art d'un ingénieux dessin,

Non, ce n'est point dans ce beau livre

Que j'ai l'ambition de vivre,

Mais dans ce cœur tout généreux,

Où, compagne de l'espérance,

La foi veille , et de la souffrance

Émousse les traits douloureux !

Là brillent les dons du génie ;

La sagesse , la poésie,

Se plaisent à s'y réunir,

Pour graver de pures images ,

Ou tracer de touchantes pages ,

Charme et leçon de l'avenir ;

C'est là qu'il m'est si doux de lire ,

C'est là que je voudrais m'inscrire

Sur le feuillet du souvenir !

# TRISTESSE.

De ses voiles mystérieux

Quand la nuit a couvert la terre ,

Que j'aime de porter mes pas silencieux

Vers la colline solitaire

Où du hameau voisin reposent les aïeux !

L'astre des nuits de sa lumière

Blanchit la pierre des tombeaux ,

De l'if, du cyprès funéraire

Le vent fait soupirer les lugubres rameaux ;

Et parfois le cri monotone
De l'oiseau qui fuit les vivans
Mêle aux soupirs du vent d'automne
De tristes et longs sifflemens.

Cette voix , ces bruits semblent dire :
« Auprès de ceux que vous pleurez ,
» Êtres souffrans , vous trouverez
» La paix que votre âme désire !
» Ici n'entrent point le chagrin ,
» Ici la douleur est sans armes ,
» L'amour déçu n'a plus de larmes ,
» Et le sommeil n'a point de fin ! »

Ce calme des tombeaux plaît à ma rêverie ;
Je compte sans regret les jours que j'ai perdus ,
Et mon cœur fatigué des tourmens de la vie
Soupire après l'instant où je ne serai plus !

# L'ENFANT ET LES FLEURS.

Idylle,

MENTIONNÉE ET INSÉRÉE AU RECUEIL DE L'ACADÉMIE
DES JEUX FLORAUX. 1835.

Quand la terre toute fleurie

Semble naître avec le printems,

As-tu suivi dans la prairie

De l'enfant les jeux inconstans ?

Libre, il folâtre au bord des ondes ;

Puis, dénouant ses tresses blondes,

Les livre au souffle des zéphirs,

Mais, fixant cette ardeur volage,

Les fleurs qui parent le bocage

Éveillent ses jeunes désirs.

D'abord , sa main aussi rapide

Que la fugitive sylphide

Sans choix vole , et cueille au hasard

Tout ce qui charme son regard ;

A la voir courir si légère

Sur la pelouse aux cent couleurs ,

On dirait qu'il craint que la terre

Pour lui n'ait point assez de fleurs !

Mais , en vain , belles et nombreuses

Elles chargent déjà son bras ,

Plus nobles ou plus gracieuses

D'autres s'élèvent radieuses

Et l'arrêtent à chaque pas.

Alors , il devient difficile ;

A peine une seule entre mille

Attire son doigt délicat ;

Pour son choix qui n'est plus novice

Il faut qu'un élégant calice
Aux parfums unisse l'éclat.


Enfin sa tâche est accomplie ;
Il voit sa corbeille remplie
Étinceler de pourpre et d'or ,
Et , plein de joie , à sa compagne
Il vole à travers la campagne
Étaler son riant trésor :
Il lui fait admirer la grâce
De ce narcisse languissant ,
Dont la blancheur si pure efface
Celle du lys éblouissant ;
Et la renoncule champêtre
Qui ne périt que pour renaître
En un bouton plein de fraîcheur ,
Et la pervenche et l'anémone ,

Et le bluet dont la couronne

Du ciel reflète la couleur....


Ivresse folle et passagère !

Ces fleurs qu'il adorait naguère

Bientôt ne sont plus qu'un fardeau ;

Las de sa facile conquête ,

Avec dédain il la rejette

Et la livre au cours du ruisseau.

Et, s'il voit l'onde qui gazouille

Des prés emporter la dépouille ,

S'il voit les zéphirs dans leurs jeux

Disperser la moisson fleurie,

L'enfant sourit, et puis oublie

Ce qui l'avait fait si joyeux.

Cet enfant si léger , c'est l'homme ;

Partout il croit voir le plaisir,

Et n'embrasse que son fantôme ;

Plus calme alors, il veut choisir ;

Il est tout fier de sa faiblesse,

Et, bercé d'un rêve enchanteur,

Son cœur savoure avec ivresse

Ce qu'il a pris pour le bonheur.

Mais le temps fuit, le terme avance,

Pour lui plus rien n'est jouissance ;

Déjà l'ennui, l'indifférence

Succède au désir emporté,

Tout ce qu'adore le jeune âge

N'excite plus sur son visage

Qu'un sourire désenchanté,

Et triste, il dit avec le sage :

« Vanité ! tout est vanité ! »

# LA BIENFAISANCE.

Papillon de boudoir, qu'un folâtre jeune homme

D'un bonheur passager poursuive le fantôme,

Et promène au hasard son inutilité ;

S'enivrant à loisir de faciles délices,

   Que de ses charmantes complices

Il vante devant moi la grâce et la beauté ;

8

Qu'un avare au cœur sec adore sa cassette

Qu'en ses rêves d'orgueil un fastueux poète

Savoure du public l'encens adulateur ;

Qu'un joueur, respirant la fraude et la rapine,

D'une famille en deuil consomme la ruine,

Je ne suis point jaloux de leur triste bonheur !


Mais il est un plaisir fait pour les grandes âmes,

Pour ceux qu'un amour pur brûle de saintes flammes,

Pour tous ceux dont le sein bat noble et généreux ;

Un plaisir que mon cœur préfère à tout le reste,

Qui s'épand sur nos jours comme un parfum céleste :

Celui de faire des heureux !


Qu'il est doux, messager de joie et d'espérance,

D'entendre, en abordant le toit de l'indigence,

Des cœurs reconnaissans les sublimes concerts !

D'arracher l'infortune à son triste délire,

    Et de faire éclore un sourire

    Où ruisselaient des pleurs amers !


Tantôt, c'est un proscrit, c'est un malheureux père,

Qu'un ennemi puissant poursuit de sa colère ;

C'est un nouveau Gilbert en butte aux coups du sort;

Il voit dans les tourmens d'une lente agonie,

    Expirer son génie,

Et, comme un doux refuge, il invoque la mort!


Tantôt, c'est l'orphelin ; exilé dans ce monde

Il revient chaque soir, en sa douleur profonde,

Verser sur un tombeau des pleurs silencieux,

Traîne de tristes jours flétris par la misère,

Et pour se reposer n'a de lit que la terre

Et de toit que le ciel !


Là, c'est de notre gloire un débris héroïque ;

C'est un noble vieillard qu'aux sables de l'Afrique,

Le géant des combats décora de sa main ;

Aujourd'hui, répétant une plainte stérile,

Il se meut avec peine, et va de ville en ville

Mendier un morceau de pain.


Plus loin, c'est de l'amour une frêle victime ;

Elle aima sans réserve (aimer est-il un crime ! )

Et la voilà pleurant, seule, et mourant de faim ;

Aux cœurs indifférens elle peint ses alarmes,

A l'austère vertu qui dédaigne ses larmes,

Elle montre un enfant endormi sur son sein !...

Oh ! que ne suis-je né sous la voûte brillante

Où dort de nos Crésus la mollesse opulente !

Oh ! que n'ai-je reçu, pour prix de grands labeurs,

Les trésors enfouis dans leurs coffres avides !

Combien je calmerais de plaintes homicides !

Combien je tarirais de pleurs !


Mais puisque je n'ai point l'opulence en partage,

Je veux au moins, je veux à ce pieux usage

Consacrer chaque jour mon denier superflu,

Pour qu'à l'heure suprême, en quittant cette terre,

Je ne me dise pas dans ma douleur amère :

J'ai pu faire un heureux, je ne l'ai pas voulu !

9

# LA GONDOLE.

« Vois la fraiche banderole

Qu'agite sur ma gondole

Le souffle embaumé du soir ;

Anna, l'amour vous appelle,

Trompe une mère cruelle ,

Et près de moi viens t'asseoir!


Entends frémir le zéphire,

Entends le flot qui soupire,

Tout nous invite au bonheur;

Qu'auprès de toi je respire!

Du charme de ton sourire

Oh ! viens enivrer mon cœur!»

Ils voguaient loin de la rive
La rame demeurait oisive,
Près d'eux veillait le plaisir;
Et la gondole incertaine
Flottant sur l'humide plaine
Errait au gré du zéphir.


Mais le vent siffle avec rage,
L'éclair fendant le nuage
Embrase le firmament...
Ah! veille sur la nacelle,
Ange d'amour! sous ton aile
Couvre ce couple charmant!


Au retour de la lumière,
Pâle et tremblante une mère

Vint errer au bord des eaux......

Mais déjà le jour s'envole,

Pauvre mère! et la gondole

N'apparaît point sur les flots !

# L'ÉPHÉMÈRE.

Il est un insecte éphémère,

Dont l'existence passagère

Eveilla souvent mes désirs;

Un insecte dont la vieillesse

Riante comme sa jeunesse

Ne survit point à ses plaisirs.


Fils du matin, avec délice

Il savoure le frais calice

De la fleur qui fut son berceau,

De la fleur qui le soir encore

Avant qu'elle se décolore

Sera son odorant tombeau;


Car celui dont la providence

Sur la plus fragile existence

Dans les cieux veille avec amour,

N'a point voulu que la nuit sombre

Attriste jamais de son ombre

Son regard créé pour le jour.


Il n'est plus, avant que la terre

Perde avec l'astre qui l'éclaire

Tout le charme de ses couleurs,

Avant qu'à sa frêle nature

De la nuit l'humide froidure

Ait fait connaître les douleurs;

Et, comme la naissante aurore

Embellit son riant matin,

Son heure suprême rayonne

De tout l'éclat dont s'environne

Le roi du jour à son déclin.


Heureux insecte! oh! que ne puis-je

Comme toi, lorsqu'un doux prestige

Enivre mon cœur et mes sens,

M'envoler loin de cette terre

Avant qu'un souffle délétère

Ait défloré mes jeunes ans.


Dans ce monde où l'âme immortelle

Voit naître une clarté nouvelle

Que nulle ombre ne peut ternir,

La mienne souriante et pure

N'emporterait de la nature

Aucun pénible souvenir.


Mais non! il faut que les ténèbres

Sur nos jours s'étendent funèbres!

Et depuis l'heure où le Seigneur

Nous condamne au tourment de vivre

Jusqu'à celle qui nous délivre,

Tout s'accomplit dans la douleur.

# L'ANGE DE LA POÉSIE.

A M. de Lamartine.

O toi dont le cœur m'abandonne,

Pourquoi, par un cruel affront ,

Loin de toi jeter la couronne

Dont j'ai paré ton noble front ?

As-tu donc oublié les jours de ton enfance,

Ces jours que je t'ai faits si beaux et si rians,

Et faut-il rappeler à ta reconnaissance

Les bienfaits dont ma main combla tes jeunes ans?

Pour toi j'abandonnai les voutes immortelles,

Je couvris ton berceau de mes brillantes ailes,

J'appelai près de toi les songes enchanteurs,

Et de ma harpe d'or la divine harmonie

    Ecartant la triste insomnie,

    Calma tes premières douleurs.


Quand du monde la vaine idole

    T'offrit ces charmes mensongers

Je te fis découvrir de son culte frivole

    Les déplaisirs et les dangers.

Viens, te dis-je, ô mon fils, viens dans la solitude

Chercher loin des cités la paix et le bonheur,

Crains de l'ambition le souffle empoisonneur,

Car livrant au dégoût, à l'âpre inquiétude,

Tes jours de poésie et d'amour et d'étude,

Elle anéantirait les rêves de ton cœur!

Oh! viens! je t'apprendrai cette langue immortelle

Qui charme des élus les célestes loisirs ;

Et je t'enivrerai d'ineffables plaisirs,

Et te couronnerai d'une gloire si belle

Qu'elle surpassera tes plus vastes désirs!


Tu me crus, et prêtant l'oreille,

Aux sons harmonieux que ma voix te dicta,

Pour ouir de tes vers la sublime merveille

Le siècle étonné s'arrêta.

Et tu veux, abdiquant la gloire poétique,

Par de nouveaux chemins tenter un autre sort!

Tu veux, pour débrouiller le cahos politique

Essayer un stérile effort !

Ah! de ta voix trop pure et trop mélodieuse

On ne comprendra pas les élans généreux ;

Ses accens, au milieu de la clameur haineuse

Où rugit des partis la rage ambitieuse

    Expireront infructueux.


Lorsque d'impurs oiseaux, fondant sur une proie ,

Se disputent entre eux ses lambeaux tout sanglans,

Au cri de leur colère ou de leur triste joie

Le cygne harmonieux vient-il mêler ses chants ?


Fuis, comme lui reprends cette harpe sonore

Que la France accueillit avec des cris d'amour;

Abjure ton erreur que l'amitié déplore;

Ange égaré, revole au céleste séjour!


Mais, dis-tu, la patrie en ces jours de tempête

Commande le silence aux bardes attristés;

Honte à qui peut chanter quand l'orage s'apprête,

Quand le deuil couvre au loin les champs et les cités.


Oui, tout pour ton pays! eh bien! saisis ta lyre!

Cède, nouveau Tyrtée, aux sublimes élans

    D'un patriotique délire!

Je mettrai dans ta voix de magiques accens

    Et des foudres de poésie!

Interprète des cieux, c'est par de nobles chants

Qu'un mortel inspiré peut servir sa patrie !

# POURQUOI TOUJOURS

## DES ÉLÉGIES.

Si parfois ma muse soupire
Des sons entrecoupés de pleurs,
Pourquoi reprocher à sa lyre
De ne chanter que les douleurs ?


Quand, s'élevant loin de la terre,
L'aigle, d'un vol audacieux,
S'élance au séjour du tonnerre,
Et vainqueur, plane dans les cieux ;

Quand le chantre ailé du bocage,

Célébrant la joie et l'amour,

De son tendre et brillant ramage

Charme les échos d'alentour;


Le passereau qui vit sa mère

Tomber sous le plomb du chasseur,

Triste, et sans appui sur la terre,

A-t-il des chants pour le bonheur?


Tel, de celui dont la tendresse

Sourit heureuse à mon berceau,

Aux premiers jours de ma jeunesse

J'ai vu se fermer le tombeau;


Je n'étais point près de sa couche

Quand, loin de nous, il expira!

Je n'ai point reçu de sa bouche
Les derniers mots qu'il murmura !


Il n'est plus, et moi je respire
Poursuivi d'amers souvenirs !...
Ah ! laissez donc, laissez ma lyre
Moduler parfois des soupirs !

# LE SOMMEIL.

Il est un jeune dieu que tout mortel implore ;
C'est lui qui, s'enfuyant aux clartés de l'aurore,
    Se pliat dans un obscur séjour ;
Le front ceint de pavots, près d'une onde tranquille
Qu'entoure du cyprès le feuillage immobile,
    Il dort loin de l'éclat du jour.


Dans un antre profond qu'habite le silence
Le travail et la nuit lui donnèrent naissance
    Quand l'amour couronna leurs feux ;
Et des sylphes légers la troupe vagabonde
Prit soin de l'élever pour le bonheur du monde
    Au fond d'un bois mystérieux.

10

Dès que l'ombre s'étend et voile l'atmosphère,

Voltigeant dans les cieux, il sème sur la terre

    Du pavot les nocturnes fleurs,

Tandis qu'en se jouant le fol essaim de songes

Fait briller aux mortels qu'abusent ses mensonges

    Un prisme aux changeantes couleurs.


L'aigle altier s'abattant sur un rocher sauvage,

Et le tendre ramier qui fuit sous le feuillage

    Quand viennent les heures du soir ;

Le gracieux chevreuil des bois hôte paisible,

Et le tigre couché dans son antre terrible,

    Tout est soumis à son pouvoir.


Tantôt, s'environnant de spectres redoutables,

Il vient, remords vengeur, des superbes coupables

Troubler les destins fortunés ;

Et tantôt, revêtant quelque forme riante,

Sous le chaume où languit l'innocence indigente

    Il charme nos sens fascinés.


De la jeune beauté qui se meurt de tristesse

Depuis qu'elle a perdu l'objet de sa tendresse,

    Souvent il trompe la douleur ;

Elle croit voir les traits de celui qu'elle adore,

Et cette illusion jusqu'aux feux de l'aurore

    Lui fait oublier son malheur.


Exauce, dieu puissant, les vœux que je t'adresse ;

Sois propice à l'ami que choisit ma jeunesse,

    Loin de lui chasse tout chagrin ;

Volez, songes heureux, vers cet autre moi-même !

Que paisible, et rêvant à la beauté qu'il aime

    Il sommeille jusqu'au matin !

# AUX CONVIVES DE LA VEILLE.

Le Vigan. 1850.

Je disais : mes jours vont s'éteindre,

Mon luth ne sait plus que se plaindre,

Et mon cœur est désenchanté ;

Ma voix jadis facile et pure

N'a plus de chants pour la nature,

N'a plus de chants pour la beauté.


Laissons aux heureux de ce monde

Laissons la joie et les concerts,

Leur vie en doux instans féconde

Peut inspirer d'aimables vers.

Mais pour moi l'enivrante image

Des plaisirs qu'on goûte au jeune âge

Est, hélas! sans réalité;

Ce n'est point pour charmer ma vie,

Que la rose est épanouie,

Que brille et sourit la beauté!


Mais j'ai vu vos bois, vos vallées,

Vos rochers pendans sur les eaux,

Mais j'ai sous de vertes allées

Suivi d'harmonieux ruisseaux;

Mais j'ai de charmantes convives

Admiré les graces naïves,

Et, renaissant à la gaité,

J'ai dit : cessons un vain murmure,

Encore un chant pour la nature,

Encore un chant pour la beauté!

# L'EXILÉ.

## Ballade.

« Où vas-tu, beau trouvère ?

— Où le ciel me conduit.

— Dans ce bois solitaire

Ne crains-tu point la nuit ?

—Hors Dieu, rien à cette heure

Je ne crains ici bas,

Et, s'il faut que je meure,

Sera doux le trépas !


Quand on fuit sa patrie

Sans espoir de retour,

Que faire d'une vie

Qui n'a plus d'heureux jour !

— Sais-tu lai de tendresse

Ou fabliau malin?

— Ne sais que ma détresse

Ne sais que mon chagrin!

— Veux-tu que je t'apprenne

De guerre un noble chant?

— Ah! pour guérir ma peine

Il serait impuissant.


Pour qui de sa patrie

Déplore les revers,

N'a plus la poésie

Ni charme ni beaux vers !


— D'un manoir, dans la plaine

Ne vois-tu pas la tour?

Là brille châtelaine,

Fleur de grace et d'amour.

Un seul regard d'Ermance,

Un seul de ses accens

Ramène l'espérance

Aux cœurs les plus souffrans.


— Ah ! loin de ma Provence,

De son ciel enchanté,

Plus rien n'est l'espérance

Plus rien n'est la beauté !

— Eh bien ! noble carrière,

O mon fils, s'ouvre à toi;

Demain, dans la clairière,

Se tient royal tournoi.

Baiser de la plus belle,

Écharpe au nœud brillant

Couronneront le zèle

Du preux le plus vaillant.


— Ah ! la gloire est amère

Pour le pauvre exilé !

Rendra-t-elle ma mère

A mon cœur désolé !


Il poursuivit sa route ;

Alla-t-il au manoir ?

Parut-il à la joûte ?

Point ne sais ; mais un soir

Dans l'humble cimetière,

Sur un tombeau récent,

Je vis un solitaire

Écrire en gémissant :

Quand on fuit sa patrie

Sans espoir de retour ,

Que faire d'une vie

Qui n'a plus d'heureux jour !

# A UN AMI.

Ami, quel est donc ce nuage

Sur tes traits jadis si rians ?

Dédaigne-t-elle ton hommage

Celle qu'adore ton jeune âge ?

Ou, capricieuse et volage

A-t-elle oublié ses sermens ?

Mais tu fuis… quoi ! faut-il le croire ?

Quoi ! déjà loin de ta mémoire

Ils sont bannis ces jours heureux

Où ta tristesse était la mienne ,

Ces beaux jours où plaisir et peine

Furent communs à tous les deux ?

Oh ! révèle-moi la pensée

Qui mouille ainsi tes yeux de pleurs !

Soulage ton âme oppressée

D'une moitié de ses douleurs !

Naguère en ses rêves trompée

Lorsque la mienne fut frappée ,

Je vins l'épancher dans ton cœur ;

Mais ton cœur ignorait encore

Le mal cruel qui le dévore ,

Et tu riais de mon malheur.

Peut-être crains-tu qu'à tes larmes

Aux angoisses de ton amour

Aujourd'hui je rie à mon tour ?

Ah ! bannis de vaines alarmes,

Laisse, laisse tes pleurs couler;

J'ai souffert, je dois consoler !


Sans doute le ciel nous prépare

D'autres peines, d'autres ennuis;

Mais, si l'avenir nous sépare,

Que nos cœurs soient toujours unis.

Un monde brillant et frivole

Bientôt deviendra ton idole ;

L'essaim folâtre des plaisirs

Berçant ta nacelle volage

L'emportera loin du rivage :

Pour moi, sans crainte et sans désirs,

Heureux des plaisirs de l'étude,

Tu le sais , dans ma solitude

Je me plais à vivre ignoré ;

Permets donc que , près de la rive ,

Fidèle au port qui le captive

Mon esquif vogue séparé.

Toi, vers des plages fortunées ,

Va , cherchant d'autres destinées ,

Tandis que les vents sans courroux

Souffleront pour gonfler ta voile ,

Qu'au ciel brillera ton étoile ,

Et que les flots te seront doux !

Mais , si jamais l'onde écumante

Aux approches de la tourmente

Te présageait quelque malheur ,

Ami , vers moi tourne la tête ,

Tu trouveras dans ma retraite

Un abri contre sa fureur !

# A QUOI SERT LE POÈTE.

« A quoi bon d'un vain bruit chatouiller les oreilles ?

Au mortel qui s'épuise en poétiques veilles

Le ciel dispense-t-il plus d'or ou de bonheur ? »

A dit dans son dédain celui dont l'âme avide

Réduisant l'existence en un calcul aride

Étouffa jeune encor la voix sainte du cœur.


Ah ! demandez alors à quoi sert Philomèle.

A quoi sert tout l'éclat dont le jour étincelle,

Quand son astre s'élève ou descend radieux,

A quoi servent la fleur qu'un matin décolore,

Le parfum qui nous charme et dans l'air s'évapore,

Et des vents et des eaux les bruits harmonieux.


Ils servent à charmer notre courte existence ;

Et Dieu , près du labeur plaçant la jouissance ,

A nos sens fatigués a créé ces loisirs,

Afin que le mortel dont l'âme est grande et pure

Pour bénir ses bienfaits trouve dans la nature

Un reflet passager des célestes plaisirs.


Quoi ! vous honorez tous , vous proclamez utile

L'ouvrier qui nourrit cette enveloppe vile

Qu'un souffle peut flétrir et jeter au linceuil ,

La main ingénieuse à l'orner de parure ,

Et l'art dont les secrets ranimant la nature

Disputent un moment ses débris au cercueil ;

Et celui qui nourrit la pensée immortelle

D'un pur enthousiasme excite l'étincelle ,

Elève , sanctifie , embellit votre cœur ,

Et , vouant tout son être à ces devoirs sublimes

Epuise avant le temps en efforts magnanimes

Des jours qu'eût faits si doux un paisible bonheur.


Du grand corps social c'est un membre inutile !

Et sa bouche ne sait que rendre un son futile !

Et , s'il meurt délaissé , dévoré par la faim ,

Si le génie, oppresse et brise sa jeunesse,

C'est qu'il a méconnu la voix de la sagesse

Mal compris l'existence et voulu son destin !


Ah! les infortunés dont il calme la plainte,

Et qu'il ramène au temple où luit la vertu sainte,

Le chef, le citoyen qui puise dans ses chants

Pour sa noble patrie un amour invincible,

Les peuples opprimés dont le révei

Éclate, provoqué par ses mâles accens,


Ceux-là ne disent pas : à quoi bon le poète?

Pour chanter ses bienfaits leur voix n'est pas muette,

Leurs yeux ne sont point secs pour pleurer ses revers;

Des outrages du sort, des mépris du vulgaire

Ceux-là vont consoler sa tombe solitaire,

La couronnent de gloire, et font vivre ses vers !

# A UNE JEUNE PERSONNE

QUI SE LAISSAIT MOURIR DE TRISTESSE.

## A M<sup>lle</sup> V. C.

O toi dont la rieuse enfance

Semblait naguère, à son matin ,

Belle d'espoir et d'innocence ,

Défier les coups du destin ,

Rêveuse et toujours solitaire,

Aujourd'hui , pourquoi vers la terre

Pencher ton front décoloré ;

Comme si l'aquilon d'automne

Effeuillait déjà la couronne

Dont le printems l'avait paré ?

Eh quoi! si tôt, pour ta paupière

Le ciel n'a-t-il plus de lumière,

Ni les champs pour ta main légère

Plus de fleurs douces à-cueillir ?

L'air n'a-t-il plus pour ton oreille

De mélodieuse merveille ?

Sous le chaume où la douleur veille

N'est-il plus de pleurs à tarir ?

Inaccessible à tous les charmes,

Ton cœur est-il sourd aux alarmes

Aux soins empressés de tes sœurs ?

N'es-tu pas heureuse auprès d'elles ?

Et les caresses maternelles

Ont-elles perdu leurs douceurs ?

Ah ! bannis ta langueur profonde,

Voyageur d'un jour en ce monde,

Il ne faut pas , dès le matin ,

Tournant ses regards en arrière ,

Jeter le bâton tutélaire

Et s'endormir sur le chemin.

Voit-on se fermer à l'aurore

La fleur qui ne vient que d'éclore ?

Voit-on , quand les vents sont changés,

Quand le ciel resplendit d'étoiles,

Les nochers, repliant leurs voiles,

Rentrer au port découragés ?

Non ; de sa corolle odorante

Jusqu'au soir la rose brillante

Épand les trésors dans les airs ,

Et le nautonier qui s'élance.

Vole, guidé par l'espérance,

Sillonner de nouvelles mers !

13

# ENVOI

A M<sup>lle</sup> L. Révoil. ( M<sup>me</sup> H. COLLET.)

Moins léger que l'oiseau qui passe
Et fuit pour ne plus revenir,
Il a donc laissé quelque trace
En votre aimable souvenir

Ce chant où ma voix consolante
Au cœur d'une vierge souffrante
Parlait de joie et d'avenir.

Vous voulez que je vous l'adresse,
Vous dont la riante jeunesse
N'a pu connaître la tristesse
De ceux que l'orage a froissés,
Vous dont les yeux sont purs de larmes,

Et qui savez trouver des charmes

Au jour que vous embellissez !

Quoique l'épine s'y hérisse,

Sans respirer son frais calice

Vous n'avez point jeté la fleur,

Ni brisé la coupe remplie,

Parce qu'une goutte de lie

Altère par fois la liqueur.


Ah ! peut-être un jour les tempêtes

Troubleront vos brillantes fêtes ;

Alors, point de pensers amers ;

Au luth consolant des poètes

Demandez de nouveaux concerts.

Enivrez-vous de poésie,

Savourez bien cette ambroisie

Si douce au cœur des malheureux,

Elle est aux souffrances de l'âme

Ce qu'est un bienfaisant dictame

A nos organes douloureux.

Mais loin ce funeste présage !

Quand le matin est sans nuage

A quoi sert de songer au soir?

A quoi sert de craindre l'orage

Quand le flot caresse la plage,

Quand souffle le vent de l'espoir?


Ah ! que cette bouche, où respire

Tant d'éloquence et de candeur,

Ne perde point son beau sourire

Et jamais en vain ne soupire

Pour la gloire ou pour le bonheur !

Que l'ange saint qui nous inspire

Les chants suaves et brillans,

Donne toujours à votre lyre
Ses regards les mieux bienveillans !


Un jour vient où, malgré l'outrage
De la nature ou du destin,
La terre environne d'hommage
Ceux qu'anime un souffle divin ;
Mais, quand la beauté brille unie
Aux dons sublimes du génie,
Pour un culte si gracieux
Les mortels n'ont point de parole,
Ils n'ont point d'assez pur symbole
Et la couronne est dans les cieux !

# LE BOUQUET.

Déjà la nuit, terminant sa carrière,
Avait plié ses voiles ténébreux,
Et, tout brillant de feux et de lumière
L'astre du jour s'élevait dans les cieux.

Et moi, distrait par de vagues pensées,
Seul je rêvais et j'errais au hasard
Lorsque des fleurs sur le gazon laissées
Près d'un cerceuil frappèrent mon regard.

Le lys brillant, la douce primevère
S'y mariaient à la fleur des tombeaux,
Et le cyprès à la rose éphémère
Entrelaçait ses lugubres rameaux.

Triste, et le front incliné vers la pierre,
Peut-être hélas! me dis-je, un fils pieux
Sur cette tombe où repose sa mère,
A deposé ce don religieux!

Peut-être aussi sur la terre isolée
Depuis le jour où périt son bonheur,
Près de cette onde, une beauté voilée
Vient chaque soir exhaler sa douleur.

Des monts lointains quand le sommet s'éclaire
Elle se cache aux regards indiscrets,
Mais de ces fleurs l'offrande funéraire
Révèle encore ses douloureux secrets.

Ah! j'aperçois une goutte limpide
Briller au sein de ce lys argenté,
De la rosée est-ce une perle humide?
Est-ce un des pleurs de la jeune beauté?

Trois jours après, plein de tristes pensées

J'errais encore sur le bord du ruisseau...

Je n'y vis plus de fleurs entrelacées,

Mais un cercueil près du premier tombeau !

# LES TOURBILLONS D'INSECTES.

## Idylle

MENTIONNÉE ET INSÉRÉE AU RECUEIL DE L'ACADÉMIE DES
JEUX FLORAUX. 1824.

Que j'aime aux champs où je médite,

A suivre d'un œil curieux

Ces jolis insectes qu'agite

Un zéphir capricieux !

A voir leur phalange incertaine

Hâter ou ralentir son vol,

Quand le souffle qui la promène

Dans les cieux rapide l'entraine

Ou la ramène vers le sol !

A la voir, forme passagère

Tantôt sur un nuage obscur

Se découper blanche et légère,

Et tantôt nager dans l'azur !

Si dans sa course avantureuse

Apparait un brillant rayon

Vers lui, bourdonnante et joyeuse,

Précipitant son tourbillon,

Elle s'enivre de lumière,

Sa pâle aigrette à ma paupière

Éclate en prisme radieux.

Et d'une danse fantastique

Son vol harmonieux, magique,

Retrace en fuyant tous les jeux.

Et moi, séduit par un prestige,

Je crois voir aux feux du soleil,

L'essaim des sylphes qui voltige

Et se balance sur la tige

Des fleurs au calice vermeil !....

Mais l'astre a voilé sa lumière ,

Et ma vision mensongère

S'évanouit, comme au réveil

Disparaît le songe éphémère

Qu'enfante un pénible sommeil.

Mon œil, qui la cherche dans l'ombre,

Ne voit plus qu'un nuage sombre....

Et je dis, pensif et chagrin :

Nous aussi, trop légers fantômes,

Nous cédons, comme ces atômes,

Au souffle mortel du destin !

Un moment sur notre existence

Le beau soleil de l'espérance

Répand ses rayons enchantés.

L'amour, la gloire nous enivrent,

Imprévoyans nos cœurs se livrent

A de trompeuses voluptés,..

Et c'est alors que la tempête

S'amoncelle sur notre tête

Et nous dérobe le chemin

Où souriait la jouissance;

C'est alors que pour nous commence

La nuit qui n'aura point de fin !

Point de fin ! qu'ai-je dit ? Blasphême !

Ah ! Dieu puissant, bonté suprême

Pardonne à cet égarement !

Non, si ma vie était bornée

A la terrestre destinée

Qu'embrasse un rapide moment

Tu ne m'aurais point fait une âme

Qu'emportent des ailes de flamme

Vers les cieux où ton astre luit,

Tu n'aurais point sur ma paupière

A torrens versé la lumière

Pour la replonger dans la nuit!

# A Madame T. T.

Pourquoi faut-il nous sé-
parer de ceux qui remplis-
sent si bien leur place ici
bas.

Mme T. C.

Heureuse d'être mère , et d'amour entourée ,

Vous demandez pourquoi , quand l'âme est enivrée

De saintes voluptés , comme pour la punir ,

En la frappant dans ce qu'elle aime ;

La mort vient lui ravir une part d'elle-même ?

Et d'un œil effrayé vous sondez l'avenir.


C'est que la vie est une épreuve ;

C'est qu'il faut que de ses plaisirs

Sans murmurer l'âme soit veuve ,

Pour monter pure au ciel où tendent ses désirs !

S'il veut , dégagé de sa rouillé ,

Eveiller notre envie et notre étonnement ,

Il faut qu'à l'ouvrier qui brise sa dépouille

S'abandonne le diamant.

Et plus il perd de ces parcelles ,

Sous les coups répétés du fer industrieux ,

Plus brillant il jaillit couronné d'étincelles

Dans l'or où l'admirent nos yeux.

# INVOCATION.

Être mystérieux, ange, sylphe ou génie,
Toi qui des longues nuits abréges l'insomnie,
Et sais nous adoucir les maux les plus amers ;
Toi qui venais jadis, alors que de l'année
L'hiver a fait tomber la couronne fanée
M'apporter un écho des célestes concerts ;

Car tu ne venais pas aux jours où tout rayonne
De beauté, de jeunesse, ou même quand l'automne
A comblé mes celliers de ses dons savoureux ;
Mais pareil à l'ami dont la main se retire
Tant qu'il voit à nos vœux la fortune sourire
Et nous garde un appui pour les jours douloureux,

Quand le ciel était froid , la terre sans verdure ,

Que moi-même attristé du deuil de la nature

Seul , près de mon foyer , je méditais , le soir ,

Je te sentais descendre , et , comme à la rosée

La fleur ouvre en été sa corolle épuisée

Mon cœur s'ouvrait à toi tout palpitant d'espoir.


Et venait avec toi la vierge au beau visage

Au parler doux et pur qu'on se crée au jeune âge

Et qu'on aime à parer de trésors si charmans

Alors que le bonheur nous apparaît encore

Sous les traits gracieux de celle qu'on adore

Et que d'aimer toujours on fait mille sermens.


Et, comme un astre ami rayonnant dans mes songes,

A mon œil fasciné par ses brillans mensouges

Apparaissait aussi , reine de l'avenir ,

Celle qui consolant Homère en sa vieillesse,

Ovide en son exil , Virgile en sa tristesse,

Consacra de leur nom l'immortel souvenir.


Vous m'enivriez alors, elles de leur sourire,

Toi des sons de ta voix mariés à ta lyre;

Vous berciez mon sommeil en un rêve enchanté,

Et vos mains balançant , enlaçant sur ma tête

Les myrtes de l'amant aux lauriers du poète ,

Vous parliez de tendresse et d'immortalité !


Et moi, j'étais heureux! mais quand venaient les heures

Où , Dieu vous rappelant aux célestes demeures,

Ensemble loin de moi vous preniez votre essor ,

Semblable à ces parfums qu'une tiède journée

14

Lègue en mourant au soir, sur mon âme enchaînée
Votre charme divin régnait long-temps encor.


Et mon luth résonnait, puis à nos causeries
Quand j'osais confier mes jeunes rêveries,
Oh ! quel plaisir de voir enchantés et surpris,
Des parens adorés, quelques amis d'enfance
Écouter, applaudir en leur douce indulgence
Les gracieux accords que vous m'aviez appris !


Mais, voilà que l'automne a jauni les feuillages,
Voilà que de l'hiver ont grondé les orages,
Et mes nuits sans sommeil te rappellent en vain ;
Vainement les frimas blanchissent les campagnes,
A mon foyer désert, de tes belles compagnes
Je ne vois plus briller le sourire divin !

M'as-tu donc oublié ? pourtant doux et facile,

A tes moindres désirs mon luth toujours docile

Chanta dans mes douleurs l'espoir et les beaux jours ;

Et, comme avec amour livrant ses plis de soie,

La banderole cède au vent qui la déploie,

Ses cordes à ton souffle obéirent toujours.


Oh ! reviens à ma voix ! que tes rians mystères,

Charmant le long ennui de mes jours solitaires,

Rendent à mon regard son horizon vermeil !

Et ce voile de deuil qui couvre ma jeunesse

Tombera, comme tombe une vapeur épaisse

Devant les premiers feux que lance le soleil !


Je ne suis point de ceux que comble la fortune ;

L'existence m'est triste et parfois importune ;

Pour d'autres est la joie et pour moi la douleur ;

Mais , tant que ton flambeau brillera sur ma vie ,

Il n'est point ici-bas de destin que j'envie

Car sa lumière sainte est plus que le bonheur !

# TABLE.

## FIN.

## Chez le même Éditeur.

**DERNIÈRES PAROLES,** (poésies) par Antoni
    Deschamps. 1 vol. in-8.                6 f. 50

**SONNETS,** par E. Pehant. 1 vol. in-18.     3 f.

**LES JEUNES FILLES,** Mystères, par
    P. Chevalier. 1 vol. in-18.            3 f.

**POÉSIES ET OEUVRES COMPLÈTES DE
VILLON,** publiées par J.-H.-R. Prompsault.
    1 vol. in-8.                5 f.

IMP. DE MOQUET ET COMP., RUE DE LA HARPE, 90.